Les saisons invincibles

Odile ANIZET

Les saisons invincibles

Nouvelles

Édition : BoD - Books on Demand
12/14 rond-point des Champs-Élysées, 75008 Paris
Impression : BoD - Books on Demand,
Norderstedt, Allemagne
Illustration : photo Odile Anizet

ISBN : 9782322397822
Dépôt légal : octobre 2021

« Au milieu de l'hiver, j'ai découvert en moi,
un invincible été »

Albert Camus

Chrysalide

« L'enfance trouve son paradis dans l'instant » Louis Pauwels

A mes petites-filles

Il y avait ce matin-là une douceur particulière. Le soleil portait haut son flambeau ; chacun vaquait à ses occupations. L'une avait investi la cuisine d'où le son clair des casseroles indiquait un rangement impétueux. Un autre avait élu domicile dans le sofa du salon, auprès du chat, et lisait un journal. Une troisième, alanguie dans un hamac, terminait avec délectation la mangue juteuse qui maculait doigts et visage.

Elle, elle était assise sur la pierre chaude de la terrasse, genoux relevés et mains autour. Son regard lointain se posait sur la mer bondissante qui s'irritait de beaux rouleaux d'écume. Il y avait dans cette posture, une grâce entendue : menton haut, mains entrelacées, et cette mèche de cheveux caressant le visage.

Un kyo[1] se pose dans le flamboyant.

Tout le corps se tourne en une valse joyeuse : elle saute sur ses pieds en un détour, lève les bras au ciel pour attraper l'oiseau ; un pas de danse, et hop, elle court vers sa mère :

« Viens voir Maman, le kyo est revenu. Allez, viens vite, vite ; il va partir ! »

Mais une mine boudeuse se dessine aussitôt sur le petit visage : sa mère est occupée.

Son père alors ? Elle grimpe sur les genoux, lui qui d'une main distraite caressait le chat roux. Il l'enveloppe de ses bras ; elle se cale contre lui, enchanteresse.

---

[1] Oiseau des Antilles

« Voyons, chère princesse, ce que vous me chantez ? »

La voilà qui frétille, se tortille, soudain intimidée. Chanter, oui, mais quoi ? La voix s'élève, de cristal brisé et les mots écorchés sont vite remplacés par un éclat de rire. On se chatouille, on rit, on s'aime !

« Laisse-moi, maintenant, j'ai à faire ! »

La voilà qui s'enfuit.

Changeons-nous ! Devenons reine ou fée. Vite ! Ce foulard coloré fera bien un jupon, ces talons hauts, la démarche idéale. Bientôt, grimpée sur une chaise, elle contemple son image au miroir : les yeux ourlés de khôl, scintillants de malice ; la bouche écarlate aux contours indécis, s'ouvrant sur quelques perles ; et deux beaux abricots à la place des joues. Elle plonge un doigt distrait dans le pot d'onguent, en saisit une noix pour dompter ses cheveux qu'elle lissera d'une main experte. Un sourire, une facétie gracieuse ; elle court vers la cuisine.

« Maman, regarde comme je suis jolie. Crois-tu que Loïc va m'aimer ainsi ? »

Sourire de la complice qui sait déjà sa fille. Elle lui connaît la coquetterie naissante, le désir de plaire à tout prix, d'être aimée et admirée. Mais aussi l'art si tôt maîtrisé de faire ce que bon lui semble.

Cinq ans, se dit-elle ! La voilà à peine éclose, et elle entrouvre déjà la porte de sa féminité. Qu'en fera-t-elle ?

Petite musique

« Cueillez, cueillez votre jeunesse »

Ronsard

A tous les ados,

pour qu'ils vivent tous ces moments de grâce

Les voilà tous les deux perchés sur le mur de pierraille. Devant eux, la mer déroule une longue houle qui s'enroule et glisse sur le sable doré. Le soleil décline, peignant le ciel d'écharpes de carmin. Le vent est tombé et avec lui s'est enfuie la chaleur de ce jour de carême.

Ils regardent au loin, fixement mais l'on sent la tension qui naît de leur proximité.

C'est une jolie fille, ronde et dorée comme une sapotille. Elle a dix-sept ans, l'âge où le monde paraît si vaste et si étroit à la fois, l'âge où l'amour teinte les jours, envahissant chaque heure d'espoir, d'attente et de sentiment d'abandon.

Il a son âge, un peu plus peut-être et s'il sortait de son silence, on entendrait sa voix quelque peu éraillée par l'émotion qui lui noue le ventre.

Tous les deux sont beaux de cette jeunesse fraîche et bouillonnante.

Il est venu la chercher devant le lycée, comme chaque jour depuis quelques semaines. C'est là qu'ils se sont rencontrés. Bien sûr, il ne lui a pas dit qu'il l'épiait depuis bien plus longtemps. Il travaille chez le ferronnier, l'artisan dont le jardin se peuple d'animaux et d'objets fantastiques, celui qui lui a appris à rêver, à créer la magie au travers du métal et de ses arabesques. Avec lui se sont ouvertes les portes de son imagination. Il est entré dans un nouveau monde, oubliant l'école et la norme, les leçons ânonnées et les cours ennuyeux, les contrôles, les examens, la compétition. Faire fi de ce que l'on connaît, se laisser guider par les formes qui surgissent sous le marteau. Se détacher de la réalité et aborder des rivages improbables : fantasmagories du fer tordu sous la griffe, volutes gracieuses et étirements. Guetter le rouge cerise, le blanc éblouissant et voir surgir de ses mains un peu de son âme. Jamais il n'aurait cru avoir tout cela en lui ; jamais il ne s'est senti si plein, si fort et si utile aussi. Utile aux autres dont il satisfait les désirs, utile à son maître dont le rire tonitruant salue les premiers ouvrages réussis, minimisant les échecs, inévitables étapes vers le progrès, utile à lui-même. Comme il a grandi ! Il est enfin un homme. Et Lola est là !

Quand il l'a vue assise sur le banc devant le lycée, il n'a pas hésité à l'aborder. Elle était seule, un brin rêveuse. Il s'est planté devant elle.

—Je peux ?

Elle a levé ses grands yeux fauve, haussé les sourcils et souri.

—C'est le banc de tout le monde !

—Oui, mais je ne veux pas déranger !

Pas de réponse. Elle le regarde. Comment se fait-il qu'elle n'ait pas encore remarqué ce grand gaillard ?

—Tu es dans quelle classe ?

—Classe ? Je ne suis pas en classe ; enfin, plus. L'école, ce n'est pas fait pour moi ; l'école, je m'y suis tellement ennuyé qu'un jour, je m'en suis enfui. On devrait tous faire ça, quand on s'ennuie, non ?

—Peut-être. Moi, je ne m'ennuie pas à l'école. Bien sûr, ce n'est pas très drôle d'être assis à écouter les profs mais parfois il y a en eux de la passion et alors surgit la magie. On se sent entraîné sur des chemins de traverse, des sentiers inoubliables où les mots trouvent leur sens et où la réalité se découvre enfin. Tu n'as jamais vécu ça ?

—Peut-être un jour, je crois. Mais cela n'a pas suffi.

—Alors, tu fais quoi, maintenant ?

—Je crée, j'invente, je fais rougir le métal et après, il chante !

Lola ouvre de grands yeux.

—Il chante ?

—Il chante. Je te montrerai.

Avait suivi un long silence. Puis Lola avait pris son sac.

—Salut !

—Salut ! A bientôt, avait-il répondu.

Et cela tous les jours depuis lors. Quelques mots, un regard et puis ce qui se joue entre eux du désir et de la pudeur.

Ils ne se touchent jamais ; la peur peut-être. Et pourtant chacun l'imagine le soir, quand la solitude invite au rêve et à l'illusion. Chacun écrit leur histoire dans le creux de la nuit et aucun ne parvient encore à la mettre au jour. Il faut du temps pour dire ; il faut du temps pour vivre. C'est le moment délicieux de l'attente qui se nourrit du battement échevelé des cœurs.

Une petite musique où seules s'élèvent les trilles d'une simple flûte.

Métamorphose

« Le mystère de l'incarnation se répète en chaque femme ; tout enfant qui naît est un Dieu qui se fait homme. »

Simone De Beauvoir

A toutes les femmes

Elle s'y attendait un peu même si, au fond d'elle-même, elle le redoutait, préférant retarder le moment où elle saurait vraiment. Mais c'est ainsi, c'est la vie, n'est-ce pas, la plus flagrante preuve de la vie : elle est enceinte.

Le mot l'a longtemps interpellée : à la fois contenu et contenant, clôture et espace clos. C'est l'extérieur, ce qui protège des intrusions et l'intérieur, ce qui vit au cœur d'un espace. Un étrange concept dont elle a bien du mal à voir la réalité.

A cet instant, elle préfère « avoir des espérances », une belle expression. Elle s'interroge aussi sur ce qui a changé en elle. Si elle se regarde, elle est la même : même taille svelte, même visage serein, même démarche aérienne. Peut-être quelque chose dans le regard, comme un soupçon d'inquiétude peut-être ? A moins que ce ne soit de maturité, déjà ! Se sent-elle responsable tout à coup ? Que va-t-elle faire de ce nouvel état ? Comment va-t-elle le vivre ? Comment vont-ils le vivre ?

Elle sait, pour l'avoir entendu de mères plus expertes que certaines femmes s'épanouissent dans la maternité, tissant entre elles et leur petit un lien exclusif et jouissif. Ils forment ensemble ce monde clos, cette enceinte d'où tous sont exclus. Ce sont des moments inouïs de partage égoïste, d'écoute attentive d'un avenir inconnu mais qui petit à petit s'affirme, se matérialise. Le cercle inviolable se rompt pourtant un jour quand d'un on devient deux, soudain distincts et la séparation parfois est douloureuse. Comment redevenir femme après avoir été ce cocon confortable ? Comment accepter de rompre l'entente charnelle pour faire grandir son enfant ? Comment repenser ce vide sidéral dans lequel laisse la naissance ?

Pour certaines, la grossesse se passe à trois, dans une harmonie inégalée : on se redécouvre, on est autre qu'amant, époux ou compagnon, on devient parent. Chaque étape est jalonnée d'amour et d'attention ; chaque examen se vit à deux jusqu'au dénouement qui devient l'acmé du parcours. La transition de deux à trois se fait alors aisément.

Elle sait aussi que d'autres aimeraient avoir fini plus rapidement de cette situation inconfortable : neuf mois à attendre, d'abord sans bien comprendre, sans tout à fait sentir ce qui se passe en soi, une sorte d'évanescence qui peu à peu s'étiole, s'éteint jusqu'à disparaître face au changement de son corps. Ce corps qui s'alourdit, s'épaissit par endroit sans qu'on le veuille. On maudit parfois cet être qui nous fatigue, nous fait enfler les jambes et dormir plutôt que vivre comme avant. Bien sûr, elle désire ce bébé mais comme elle redoute ce qu'il va changer de sa vie.

Lui est ravi. Il sait déjà de quelle couleur peindre les murs de la chambre, quels aménagements il doit y faire. Il cherche déjà le prénom de son fils, car ce sera bien un garçon, non ? Il chante cette nouvelle auprès de tous ; il est bondissant, joyeux ; il est un futur père ! Elle, ça l'affole un peu cette soudaine effervescence alors qu'elle ne sent rien encore.

Pendant quelques semaines, ce n'est qu'une abstraction. Pour les autres, car elle, elle y pense tout le temps.

Puis, le médecin leur a montré cette petite chose qui deviendra un être humain. Ils en ont été ébahis et affolés, à la fois. Elle s'est réveillée ! A y bien réfléchir, elle sait qu'elle aussi a été ce germe de vie qui a donné ce qu'elle est ! Elle a du mal à y croire, malgré tout. Elle se documente, commande une bonne dizaine d'ouvrages sur le sujet, pense déjà à la crèche, à l'école, à l'avenir de ce petit pois qui dort en elle. Est-ce une fille, un garçon ? Comment allons-nous l'appeler ? Tiens quels sont les prénoms du moment ? Et si… sa grand-mère, son grand-père ou… ils en rient tous les deux : ils sont si contents et si fiers d'eux !

Un jour, il y a cette bulle qui éclate dans son ventre. Ça arrive brutalement, sans prévenir. Elle est interdite. Elle ne connaît pas cette sensation nouvelle. On lui a dit que vers le quatrième mois, elle le sentirait. Est-ce lui ? Est-ce seulement une indisposition de la grossesse ? Puis de plus en plus de bulles, du ramdam dans son corps, une sensation désagréable d'être habitée. Et une bosse apparaît là, puis ici : il est là, bien là et l'échographie le lui montre déjà avec un corps d'enfant. Elle s'exclame, elle dit

« enfin », mais parfois, elle aimerait avoir un temps de repos, un temps pour elle seule. Dormir enfin, boire un verre de vin, fumer une cigarette peut-être...

Et puis, les mois passent, la frénésie retombe dans la routine. Sa corpulence change peu à peu : un ventre qui ne ment pas sur son contenu ; une démarche qui s'alourdit, un problème de gabarit qui la gêne. Il faut faire attention, ne pas heurter ce précieux domicile. Lui est attentif mais se sent exclu de ce qu'il se passe vraiment. Alors, il s'efface un peu, attendant un signal, une invitation à participer à ce qui se joue là. Elle se sent devenir autre. Elle caresse son ventre rond, lui chante des chansons ou lui parle. Mais elle a le sentiment d'être hypothéquée en tant que femme. Elle culpabilise de n'être pas pleinement heureuse de son état. Elle a beaucoup perdu pour gagner ce qui arrive bientôt : un bébé qui pleurera parce qu'il se fait la voix, a mal au ventre, aux dents ou a peur du noir ; un enfant qui demandera de son temps pour apprendre la vie, un adolescent qui sera mal dans sa peau et prendra son essor même s'il n'est pas encore prêt. Elle envie les chattes qui, une fois nourris, éduqués à chasser et à se protéger, lâchent leurs petits et les oublient. Elle a un peu honte de penser tout ça alors, elle s'isole, ne dit plus rien.

La voilà ! Elle arrive sans encombre une nuit de septembre, une de ces nuits où la lune tient lieu de lumière au monde, pleine et riante. L'accouchement se fait dans la souffrance annoncée. C'est un petit être fripé qu'on lui pose dans les bras ; elle a un imperceptible mouvement de recul, dégoutée par le corps gluant et ensanglanté puis elle l'observe et elle sait alors que cette petite fille vient d'elle ; elle n'en a aucun doute. Et son cœur bat si fort qu'elle en perd la conscience de ce qui l'entoure : lui, pourtant si ému, la sage-femme, l'hôpital. Rien n'existe qu'elles deux.

Un peu de rose aux joues

« *Celui qui combat peut perdre, mais celui qui ne combat pas a déjà perdu* »

Bertolt Brecht

A Christina,

A celles qui luttent encore.

C'est arrivé tout d'un coup, un déferlement d'émotions, soudain, sorte de tsunami dévastateur. Elle ne l'a pas vu arriver. Elle ne l'avait pas prévu, elle si portée vers la précaution, l'anticipation, l'avenir. C'était d'ailleurs improbable ; elle avait tout fait pour se préserver de cela.

Seulement voilà, ce matin, la vie se rappelle à elle. En dépit de son énergie, de sa volonté, de son goût de la vie, elle est mortelle, comme les autres. Alors, anéantie, assise sur ce banc, juste devant, elle tente de reprendre pied.

Le médecin l'avait appelée la veille. Il voulait la rencontrer, à la suite de ses examens. Oh, rien de bien embêtant ; un entretien, nécessaire. C'est ce « nécessaire » qui l'avait fait tiquer. Qu'est-ce qui faisait qu'un entretien était « nécessaire » ?

Elle avait pris le temps de se préparer, choisissant un à un ses vêtements ; il faisait beau, doux plutôt, un soleil d'automne perçait quelques nuages d'un gris douillet. Puis elle avait posé un peu de rose sur ses joues, un trait d'eye liner bleu qui mettrait en valeur l'or de ses yeux ; cela lui conférait un « charme fou », avait dit Jean, un jour, par hasard. Était-ce lui ou un autre, d'ailleurs ? Que savait-elle vraiment de Jean si ce n'est qu'il était son mari ? Bientôt vingt ans de vie commune. Avaient-ils su partager, échanger, se nourrir suffisamment l'un de l'autre pour former un couple ? Elle pressentait que demain ils seraient à la croisée des chemins, leur chemin ou chacun le leur.

Elle avait aussi tenté d'y voir plus clair. Allait-elle devoir mener l'inexorable combat des femmes de ce siècle ? Elle ne le pensait pas. Ce « nécessaire » entretien lui semblait plutôt une occasion de faire un point d'étape sur sa santé de quadragénaire. La plénitude d'un âge où l'on a fait des choix qui nous ont engagés et qu'on assume. Elle n'était pas malade ; elle ne s'était jamais sentie mieux en accord avec son corps, avec elle-même, avec le monde aussi. Il n'y avait rien de « très embêtant », avait-il dit. Alors !

Un coup d'œil dans le miroir du couloir : une jolie femme, brune aux yeux noisette, cheveux coupés court pour le côté pratique et puis, c'était « sa coupe », lui disait-on souvent. Dynamique, moderne, sportive, active, autonome... une femme d'aujourd'hui.

Elle enfourcha son vélo et prit par les quais : elle avait quelques minutes devant elle ; et puis elle voulait sentir la fraîcheur de l'eau qu'apportait le vent matinal. La Saône s'illuminait du premier rayon de soleil, se moirant de vermeil et de feu que surlignaient d'écume quelques barges alanguies. Mais l'air n'était pas aussi doux qu'hier, ni aussi apaisant. Il semblait chargé de menaces obscures, comme si le monde, comme si la ville appréhendait le pire.

Elle avait grimpé les quelques marches qui menaient au cabinet, avait ouvert la porte, résolument, fermement puis s'était approchée de la secrétaire : une femme entre deux âges qui lui avait souri en l'appelant par son nom. Apprenait-on aux secrétaires à accueillir avec bienveillance, et à garder le sourire en toutes circonstances ? Elle s'assit sur la pointe des fesses, comme prête à bondir. Avait-elle peur ? Elle n'en savait rien. Elle n'avait pas eu le temps d'y penser. Il l'avait reçue avec attention, mêlant compassion et optimisme affiché. Elle avait entendu, fait siens ses mots : ce n'était pas très bon ; il faudrait quelques séances de radiothérapie, de chimio aussi, on ne pouvait en faire l'impasse. Il n'y avait rien de perdu, rien de gagné non plus. C'était une femme forte, en pleine forme physique, capable de lutter.

Elle perdit peu à peu le fil du monologue ; n'en restait que ce qui résonnaient dans sa tête : « malade », « sérieux », « rémission possible ». Incapable du moindre mot, de la moindre question, inerte dans son esprit, paralysée dans son corps. Ce corps qui avait déjà bien vécu, qui avait traversé les tempêtes de l'enfantement, les défis du premier vieillissement mais qui avait toujours répondu présent. Et cet esprit, si vif, si performant qu'on le lui enviait, adaptable aux événements, omniprésent dans l'adversité. Mais là, ce n'était pas de l'adversité, c'était le coup de poignard du destin, triturant d'un coup, au plus profond d'elle-même toutes les certitudes accumulées, toutes les connaissances éclairées. Elle n'était pas préparée à cela.

En sortant, elle s'engouffra dans les toilettes pour y vomir, comme on se débarrasse d'un plat trop riche, d'un vin trop fort. Le visage qu'elle aperçut dans la glace était livide, cadenassé dans la stupeur. Elle y passa un peu d'eau fraîche, s'essuya, remit un peu de blush.

Puis ce banc, salvateur, île pour les naufragés, posé là, à l'endroit idéal, celui des chocs et des chagrins.

De l'alcool, voilà ce qu'il lui faut. Trouver un café et boire ; c'est ce qu'on fait dans les films quand c'est trop douloureux, trop insupportable.

Elle entre dans ce bar sombre. Quelques hommes debout qui boivent en discutant, éclatant d'un rire complice à quelque blague. Elle préfère le calme d'une petite table de bois, toute lisse de tant de mains et de manches. La serveuse s'approche. Un chocolat, c'est bien un chocolat, ça redonne du rose aux joues et des forces. C'est mieux qu'un verre qu'un autre suivra peut-être pour oublier et sombrer plus loin, plus bas, plus profond.

Elle se dit qu'elle va construire un mur ; elle en prépare ici les fondations. Un mur face aux autres auxquels elle ne dira rien car ils doivent vivre. Elle se battra seule contre ça ; elle le peut ; elle est forte, il le lui a dit. Elle veut voir grandir Lisa, la consoler de son premier chagrin d'amour. Elle aime ces balades en forêt d'où l'on revient crotté mais heureux, ces plantureux repas qui réunissent chaque année les nombreux cousins, son chat, la douceur d'un gilet en mohair et le parfum des lilas. Le présent demande, exige ce mur pour lui permettre de fourbir ses armes, d'aiguiser lances et couteaux. Alors elle relève le torse, se pose sur ses coudes, tête haute, regard droit vers ce futur. Sa vie sera ce combat singulier. Rien ne doit la distraire mais rien ne doit transparaître, voilà le défi.

Elle se lève et sort. Il pleut dehors. Elle pleure et ses larmes se mêlent à la pluie. Si Jean était à ses côtés, il aurait un mouchoir et le lui tendrait. Jean a toujours un mouchoir. Et puis Jean aurait déjà ouvert son ignoble parapluie noir dont les baleines transpercent depuis des lustres une toile tout usée. Jean la prendrait aussi dans ses bras : elle sentirait alors le rugueux de sa barbe dans ses cheveux, humerait le parfum citronné de son pull, s'enroulerait dans ce confortable cocon pour y puiser la force de vaincre, à deux, à trois, tous ensemble. Voilà ce qu'elle veut alors, se battre avec lui, avec eux, pas seule, non ! Et le rose revient un peu à ses joues.

Le pas du silence

« La tendresse ; ce qui reste de l'amour
derrière les barrières que le temps
dresse. » Grand Corps Malade

Je m'étais dit qu'il fallait que je prenne du recul. Ma vie jusqu'à présent avait été pleine de bonnes surprises, de mauvaises rencontres, de belles histoires et de méchants échecs : la vie d'une quinquagénaire. Rien de bien marquant en fait. Le temps avait fait son œuvre sur les douleurs et les chagrins, avait rendu moins acerbes les déconvenues et plus acceptables les errements. J'avais un mari, comme beaucoup de femmes, mais dont j'avais de plus en plus de mal à accepter qu'il vieillisse, qu'il s'affaisse et perdre de ce mordant que j'avais tant admiré. Peut-être me renvoyait-il à ma propre décrépitude ? Même âge, mêmes cheminements dans l'histoire d'une génération joyeuse et rebelle, mais nos caractères, si je les avais longtemps estimés complémentaires, me paraissaient maintenant contradictoires, voire incompatibles. Nous ne nous retrouvions plus que sur peu de choses, des souvenirs, des enfants désormais à même d'assurer leur avenir mais plus de projets communs. Et puis, il y avait eu ce jour où, montant vivement l'escalier, j'avais eu un pas plus lourd et un cœur moins facile. Il y avait aussi cette amie de mon âge qui, un matin, avait senti son côté droit se paralyser et avait perdu mobilité et parole. Elle était depuis enfermée dans une clinique qui prolongeait une existence qu'elle aurait voulu abréger, j'en suis sûre.

J'étais une femme faite, d'âge mûr, qui avait réussi professionnellement. Et aujourd'hui, j'étais mal dans ma peau, à nouveau, comme quand, adolescente, je m'interrogeais sur le sens à donner à mon existence, sur les options que je pourrais et devrais prendre alors que je n'en avais pas l'expérience. Il me fallait faire un point d'étape, comme pour relancer ma vie. Un moment banal d'une existence somme toute banale.

Je me disais aussi que cinquante ans, c'était tout près de soixante et sûrement pas la moitié de ma vie. J'en avais largement entamé la deuxième partie. Qu'allais-je en faire ? Avec qui et où ? D'ailleurs, le seul fait de me poser ces questions en sous-tendait les réponses. Il me fallait reconsidérer l'organisation que j'avais jusqu'alors adoptée.

J'avais besoin d'air, de liberté, de solitude.

Je décidai de partir en reportage en Irlande. J'en rapporterais des éléments pour un article. Un œil étranger sur un pays qui me semblait si loin de moi pourtant. J'étais une latine, fondamentalement, avec ses coups de cœur, ses fureurs, ses passions. Je m'imaginais l'Irlande comme un pays structuré, où le calme le dispute à l'air de la lande. Il y avait bien les orgies de bière rousse, les châteaux et les ballades mélancoliques ! On disait les Irlandais chaleureux, accueillants, mais encore. Comme je voulais plonger progressivement dans ce nouvel univers, je décidai de prendre le ferry à Ouistreham. Cinq heures de traversée, de nuit, cela me permettrait de me familiariser avec l'esprit britannique.

Me voici à l'entrée du monstre ! Ma voiture s'engouffre dans l'antre sombre. L'air est vicié par les gaz d'échappement et l'odeur de fuel omniprésents. Je monte sur le pont par un escalier. Le vent du soir apporte une fraîcheur délicieuse : il a fait tellement chaud aujourd'hui ! Les mois d'août sont devenus insupportables, tant ils se chargent d'une chaleur forte et pesante. Même le soleil paraît hostile. Et pourtant, comme j'en ai longtemps apprécié la brûlure sur ma peau nue, la sensation unique d'être transpercée sans être blessée, d'être envahie par sa force !

Sur le pont avant, large plate-forme qui donne directement sur l'étrave, s'agglutinent les voyageurs. Les enfants courent à droite, à gauche ; certains glissent et tombent sur le sol métallique humide mais se relèvent bien vite, se frottant qui le coude, qui le genou. Puis le sourire revient et la course reprend ! La vie est faite de chutes et de rebonds et ils l'ont déjà compris, eux que seule la fatigue arrête. Un couple de personnes âgées est penché au-dessus du bastingage : ils sont côte à côte, s'effleurant du bras. Ils regardent ensemble au loin, dans la certitude intime que l'autre est présent, là, tout près. Rien ne semble ternir l'harmonie qui se dégage d'eux. Plus loin, des amoureux se dévorent des yeux, faute de pouvoir le faire autrement : autre temps de l'amour où le désir s'empare des êtres sans prévenir, oblitérant les autres. Une bulle close, encore inaccessible et qui bientôt éclatera quand il faudra accueillir et faire grandir des enfants, que viendront les aléas, les contretemps. Une dizaine de jeunes est regroupée tout à l'avant. Leurs rires, leurs jeux de mains, leur énergie, tout respire la vie, l'insouciance. Ils se jaugent, s'observent avec affection. L'un d'eux semble être le chef, celui qui va initier les défis. Ils sont regroupés autour de lui. Des étudiants peut-être ? Quelques jeunes filles papotent tout en les regardant. La danse de séduction commencera tout à l'heure, au moment où la nuit se fait écrin pour accueillir les rapprochements. Quelques hommes seuls discutent entre eux, des transporteurs routiers ou des travailleurs transfrontaliers. L'un d'entre eux me fixe et il me semble que je rougis. C'est un homme grand, d'une cinquantaine d'années, l'œil clair et la bouche charnue. J'évite ce regard ; je ne cherche rien qui puisse me dérouter de ma quête. Alors, je quitte les lieux et pénètre dans le hall animé où s'égrènent dans un cercle parfait les boutiques de produits détaxés : tee-shirts, souvenirs d'Angleterre, bijoux, parfums et inévitables sacs de luxe. Les premiers chalands se pressent, enfermant dans leurs bras avides les objets dont il faut absolument profiter. Leurs yeux pétillent d'envie et rien n'arrête le frétillement de leurs mains sur ce qui leur semble être le nec plus ultra du voyage. Rien de nouveau, rien d'intéressant, si ce n'est le prix. J'achète une crème de beauté dont je sais bien qu'elle ne comblera jamais mes rides. Mais c'est un pis-aller rassurant et les jours où je vais bien, je me trouve encore jolie. Je prends un des couloirs pour trouver la place qui m'est réservée. Des cabines à droite et d'immenses pièces à gauche, offrant aux voyageurs des sièges confortables où ils pourront se reposer. Je repère mon siège, dépose mon sac à dos dans un rack et ressors.

La passerelle a été relevée. Les adieux se prolongent sur l'arrière du bateau : on se jure qu'on s'aime, on pleure de se quitter. Les bras se lèvent, les mains s'agitent jusqu'à ce que rupture se fasse. Nous prenons la mer. Je me suis souvent demandé quel effet me ferait un naufrage, comment je réagirais face à cette adversité nouvelle où la mort rode, où chacun tente de sauver sa peau, dans le si humain « sauve-qui-peut » général. La côte va peu à peu s'effacer dans la nuit ; seules les lumières de la ville scintilleront encore et chacun se tournera alors vers la côte suivante, comme on passe d'un épisode à l'autre de sa vie. Chacun oubliera ce qu'il vient de quitter pour s'arrimer au monde nouveau qui arrive.

Les voix se taisent peu à peu.

Il fait froid dehors. Sur un transat, un homme repose, emmitouflé dans un duvet. Il n'a pas peur de la pluie qui généralement s'invite à chaque traversée. Les autres sont rentrés ; je vais m'installer dans mon fauteuil. J'ai froid ; j'enfile un pull douillet. Et je m'endors.

Soudain, une sirène. Des cris dans le couloir ; les gens se lèvent, affolés, titubant dans leur sommeil. Panique à bord ! Que se passe-t-il pour qu'ainsi, de façon irraisonnée, les gens se précipitent dehors, quittant une zone où tout est calme ?

Je reste là. De toute façon, j'apprendrai bien à temps ce qui se passe. Inutile d'aller gonfler la foule qui se presse sans savoir. Un message dans les haut-parleurs :

« Bonsoir à tous ! Nous vous prions de rester dans vos cabines. Nous avons heurté un container mais il n'y a pas d'avarie. Nous allons pouvoir continuer notre traversée. Nous vous rappelons que nous stationnerons au large des côtes britanniques quelques heures afin de prévoir notre arrivée au petit jour. Ceci est une procédure normale. »

Les gens reviennent, presque calmement, résignés, comme toujours. Dans leur regard pourtant se lit l'anxiété du danger, la peur de la souffrance.

Le silence se fait partout. Chacun est pris dans ses pensées et n'ose faire le moindre bruit qui pourrait perturber ce qui se joue ailleurs, hors de leur espace, mais qui fonde l'angoisse qui les étreint. Et si le bateau coulait ? Et si l'équipage n'avait pas vu le trou béant dans la coque ? Et si les systèmes de sécurité ne fonctionnaient plus ? Et si, et si…. Comme l'homme est fragile face au danger ! Et comme la peur est communicative ! Elle est dans le pas du silence, celui qui se fait seul, au plus profond de soi-même. Les parents frémissent pour leurs enfants ; les mères ouvrent leurs bras pour les accueillir, comme le ferait une poule avec ses poussins ; les hommes protègent les femmes. La nature s'exprime ; nous voilà revenus aux sources, quand le danger déclenchait la fuite ou la guerre.

Mais qui fait la guerre ici ? Personne. Et où peut-on fuir ? Nulle part. Il n'y a eu qu'un rapide événement qui n'a déclenché qu'une alarme bien ordinaire. Mais cela a remis en question la quiétude du voyage, son paisible et habituel déroulement.

Et moi, dans tout ça ? Est-ce que j'ai peur ? Je ne parviens pas à le savoir vraiment. Au fond de moi, il y a pourtant ce questionnement soudain. Et si ma fuite en avant, ce besoin de prendre de la distance n'était qu'un privilège que je pouvais m'accorder ? Et si j'oubliais l'impact de ma décision sur les gens que j'aime ? Et si, partant de là, j'avais rompu l'équilibre d'autres vies que la mienne, comme cet incident de parcours l'a fait de notre sérénité ?

Bientôt, la tension retombe. Tout se passe au mieux ; l'équipage rassure, accompagne, explique. Puis le ferry s'arrête au large, s'endort avec ses passagers.

Je sais soudain que je ne descendrai que pour prendre un billet pour Ouistreham. Et quand je rentrerai à la maison, je lui dirai que je l'aime. J'accepterai alors la saison qui s'annonce.

Le parfum des lilas

« La seule vraie joie consiste à laisser souverainement agir le changement en soi, à s'y livrer comme on se remettrait à un bon génie. »

Proverbe oriental

Catherine ferme doucement la porte de la maison. Il fait encore nuit. Et frais, presque froid. On est en avril, pourtant. Elle remonte le col de son manteau, y enfouit le visage. Elle y retrouve son parfum, une essence ambrée où la rose de Bulgarie le dispute au jasmin. Elle admire les créateurs capables de faire naître de la nature la complexité d'une fragrance, sa spécificité. Elle est très sensible aux odeurs : les putrides, les puantes, les moisies, les fortes qui prennent à la gorge, les brûlées, les rôties, les douces, les citronnées, les musquées… un panel infini… et surtout le parfum des lilas. C'est ce qu'elle préfère : un rappel d'enfance, des matins lumineux, des brassées de grappes mauves, violettes ou blanches embaumant le jardin et bientôt la maison. Nostalgie d'un monde perdu ? Non, pas vraiment. Ce dont elle se souvient le mieux, ce sont les sensations qui jalonnent le passé. Elle a peu de mémoire des faits.

Aujourd'hui, elle aime classer les choses de sa vie. Cela la rassure. Chaque élément a une place, sa place. C'est plus facile comme ça. C'est Julien, son époux qui lui en a donné le goût. Il est employé de banque. C'est un homme méticuleux, pas maniaque, non, méticuleux. Calme aussi, serein, dirait-elle, comme si le souci qu'il a de l'ordre le satisfaisait pleinement. Un mari sans surprise. Elle sait à quelle heure il part, à quelle heure il revient et s'il décide de s'attarder, il la prévient. Julien aime que les choses soient réglées. Il va chez le coiffeur tous les deux mois, chez le dentiste une fois par an et chez sa mère chaque semaine. A la même heure pour sa mère. Elle l'a élevé ainsi. Catherine, avant Julien, était fantasque, avide d'expériences, débordante d'une énergie qu'elle ne maîtrisait pas toujours. Julien, elle l'a rencontré à la bibliothèque du lycée, il y a plus de vingt ans. Ils étaient tous les deux en terminale, pas dans la même classe mais ils avaient à effectuer un travail commun avec deux autres camarades. Elle ne se souvient plus du nom des deux autres, mais elle sait que rapidement, Julien et elle sont sortis ensemble. Lui était charmé par sa fantaisie ; elle avait besoin de stabilité. Son monde à lui était réglé au millimètre par la tradition familiale ; son monde à elle n'avait d'autre repère que des déménagements soudains, au gré des aventures amoureuses de sa mère. Au début, chacun était parvenu à conserver un peu de sa particularité. Il lui offrait un cadre plus sécurisant tout en lui laissant toute liberté d'agir. Elle l'amenait à apprécier la nouveauté ou l'imprévu. Elle riait de la mine qu'il faisait alors, passant d'une moue boudeuse à un regard ébahi, heureux d'avoir transgressé ses propres aprioris. Ils se moquaient ensemble de ce qu'il avait craint ou imaginé à tort. Petit à petit, sans qu'on puisse en repérer ni la cause, ni le moment exact, la balance avait penché vers le côté raisonnable. Réapparurent alors dans le vocabulaire de son époux des phrases comme : « il ne vaut mieux pas » ; « c'est mieux si l'on fait comme cela » ; « tu sais que je n'aime pas trop la nouveauté ». Elle s'était pliée à la discipline imposée. Il l'aimait. Elle l'aimait. C'est ce qui comptait. Et puis, il y a un temps pour tout. Elle se devait être plus sage. Elle n'était plus une adolescente. Le fugitif des choses devait laisser place à des certitudes. On ne bâtissait pas sur du sable. Catherine met les clés dans son sac. Elles rejoignent quelques papiers, un livret de caisse d'épargne, l'élégant porte-monnaie que lui a offert Julien pour son anniversaire, un tube de rose à lèvres discret, un stylo. Les objets d'un quotidien de femme, sans originalité. Il y a pourtant ce galet tout rond qu'elle a ramassé sur la plage de Nice lors de vacances précédentes. Elle aurait dû le jeter mais elle aime le faire rouler entre ses doigts, en sentir le lisse et le frais.

Elle va prendre le train, comme chaque jour. La gare est toute proche, une centaine de mètres environ. Elle a cet aspect suranné des gares de son enfance : un perron encadré de deux larges fenêtres, une salle carrelée de gris, à droite les deux guichets qui ne délivrent plus que des prospectus : les machines ont remplacé les hommes. Et monsieur Martin, le chef de gare qui accueille chacun avec un large sourire ou une parole gentille. Catherine a la chance d'avoir monsieur Martin dans sa gare. Ce n'est pas le cas de tout le monde.

Catherine va rejoindre la clinique où elle travaille en tant qu'aide-soignante. Elle aime son métier même si ses patients ne sont pas faciles tous les jours. Mais elle apprécie de faire les mêmes gestes, ceux qu'elle a appris à l'école. Le ronron quotidien lui va assez bien.

Le train n'est pas encore arrivé. Monsieur Martin indique qu'il a du retard en raison d'un accident de personne. Catherine sait ce que cela veut dire. C'est une habituée des chemins de fer. Elle comprend difficilement qu'on puisse en arriver à ces extrémités. Elle refuse de trop s'appesantir sur sa vie, de trop réfléchir. Réfléchir, c'est semer le désordre ; réfléchir, c'est analyser, peser le pour, le contre, s'embrouiller l'esprit alors qu'on a une vie bien rangée, pas passionnante, non, mais agréable, suffisante. Elle a du mal à compatir avec les gens déprimés. Ils n'ont qu'à se secouer un peu, penser à autre chose ! Il y a bien plus grave dans le monde.

Le train arrive. Catherine monte dans son wagon, toujours le même, la voiture 2. Il flotte dans le compartiment une odeur particulière, l'odeur des trains : suave et acide à la fois, mélange de graisse et de parfum d'intérieur. Aujourd'hui, il y a aussi une autre odeur, plus sucrée, plus agréable, une odeur de personne, de femme sûrement, un parfum de luxe, floral, peut-être du mimosa ou du ylang-ylang.

Catherine s'installe après avoir enlevé son manteau. Il fait toujours très chaud dans les trains. Et elle en a pour deux heures au moins. Il lui faut se mettre à l'aise.

Elle ouvre son livre. C'est un roman ; elle aime les romans : ils la font voyager. Celui-ci raconte la vie d'une jeune fille à l'époque victorienne. Une histoire de passion mais aussi de rébellion face à la une société rigide et puritaine. Catherine se demande ce que va faire l'héroïne. Et elle, qu'aurait-elle fait ?

Le train démarre ; le jour se lève peu à peu. Catherine sent bientôt une présence : une femme est entrée ; elle la voit de dos. La femme ôte son pardessus gris, le lance dans le rack, se retourne et sourit à Catherine. Elle a les pommettes hautes et les cheveux blonds, un regard franc. Sa robe de lainage écossais laisse deviner une silhouette musclée. Quel âge ? Une quarantaine d'années sûrement. Comme moi, pense Catherine.

—Bonjour. Je peux m'installer là ?

Catherine hoche la tête. Elle ne sait jamais comment réagir dans ces conditions. Être aimable pourrait passer pour une invite à converser davantage mais faire la tête n'est pas la solution.

Alors, elle hoche la tête, glisse un doigt entre les pages du livre qu'elle ferme et regarde défiler le paysage. C'est plat et triste, une succession de champs jaunis entrecoupés de chemins étroits ; deux ou trois arbres rabougris, des poteaux téléphoniques ou électriques, quelques maisons où brille une lumière : un fermier dans son étable, quelqu'un qui se prépare à partir, des enfants peut-être levés trop tôt pour aller à l'école. La vie de tous les jours, chacun à sa tâche. Le ciel se brode peu à peu d'un feston de nuages d'une belle couleur rose. Il va faire beau, pense Catherine. Elle glisse une main distraite dans ses cheveux. Il faudra que j'aille chez le coiffeur ; ils sont déjà trop longs. Elle reprend son roman.

—Vous aimez les romans anglais ? Rebecca ? J'ai adoré.

Catherine est un peu interdite. Elle pensait être seule, comme chaque jour : un moment de répit, de récréation où elle est face à elle-même.

—Vous avez lu « Orgueils et préjugés » ? C'est l'histoire d'une vie et d'une époque. Une histoire de passion aussi. Et c'est un regard sur la condition féminine, presqu'une critique d'ailleurs, quoiqu'on ne puisse dire que Jane Austen soit une féministe, mais elle soulève certains problèmes. Heureusement, nous n'en sommes plus là ! Mais je vous dérange dans votre lecture. Excusez-moi.

Catherine sourit puis se replonge dans son livre. Pourtant, elle a soudain du mal à se concentrer. Un roman aurait-il une autre visée que de raconter une intrigue bien ficelée ? Le plaisir, l'excitation, l'émotion donc, ne seraient-ils pas les seuls objets ? Bien sûr, elle a appris de ses lectures : on voyage dans des cultures différentes, à des époques différentes ; on voit vivre et évoluer les personnages. Il y a une confrontation au monde mais Catherine n'en a jamais vraiment tiré d'enseignements qu'elle aurait pu exploiter pour elle-même. Lire est un passe-temps. Et elle lit rarement ailleurs que dans le train. Cela lui permet de s'abstraire des autres voyageurs.

Le train s'arrête ; la voyageuse descend en lui souhaitant une belle journée.

Catherine lui répond puis se remémore son intervention. Qu'est-ce qu'être féministe ? Pourquoi les femmes ont-elles remis en cause leur place dans la société ? Et cela a-t-il changé quelque chose, fondamentalement ? Bien sûr, elles peuvent voter, travailler, ouvrir un compte bancaire, décider de leur vie ; la loi leur donne les mêmes droits qu'aux hommes. Mais dans leur tête ? Dans sa tête, à elle Catherine, qu'est-ce qu'elle décide vraiment ?

Catherine sent qu'elle aborde un rivage dont elle ne s'est jamais approchée. Elle se revoit adolescente, confrontée au nomadisme de sa mère. Elles deux, seules dans un monde en perpétuel mouvement. Une vie pleine d'imprévus : de la musique, des couleurs, celles du ciel mais aussi celles des fleurs, des paysages. On était là un temps puis on était ailleurs. Et on était ensemble, en toute complicité. Quelquefois, un oiseau de passage entrait dans leur duo et sa mère, comme elle-même, savait que cela ne durerait pas. Une vie d'errance, certes mais elles étaient libres, elles décidaient de tout !

Par réaction peut-être, parce qu'elle ne voulait pas reproduire ce qu'elles avaient vécu, parce qu'elle se sentait seule aussi, elle avait trouvé un enclos. La porte était ouverte ; elle pouvait faire ce qu'elle voulait mais elle ne le faisait pas. Elle était attachée à Julien, à son travail ; elle suivait une route toute tracée sans regarder ailleurs que devant elle, jetant un coup d'œil au paysage triste et terne qui la longeait. Où étaient les couleurs de la vie ? Où étaient les rires spontanés et moqueurs de son enfance ? De quelle réelle liberté disposait-elle ? Elle avait eu des envies soudaines : faire une croisière sur le Rhin, aller danser en boîte de nuit ou prendre des vacances toute seule. L'envie passait. Qu'allait dire Julien ? En fait, elle n'en savait rien mais elle dressait des prétextes face à ses désirs, alors qu'il aurait peut-être suffi d'exprimer ce qu'elle voulait.

Catherine sent monter en elle un chagrin immense qui lui serre la poitrine. Ne pas pleurer. Mais pourquoi enfin ne pas pleurer ? Laisse couler ces larmes ; vide ton esprit de tout ce qui l'encombre.

Elle soupire et éclate de rire, d'un rire large et sonore qui envahit l'espace, traverse les parois du wagon, enjambe les prairies mornes et grises et va se perdre au loin.

Et si elle ne descendait pas de ce train ? Si elle continuait sa route ? Elle irait au bord de la mer, là où l'eau noie le soleil dans un éblouissement doré. Elle enverrait un message à Julien, quelque chose comme « ne t'inquiète pas ; je vais bien. » Elle prendrait une chambre d'hôtel afin de réfléchir enfin à ce qu'elle voulait faire de sa vie. Le printemps arrivait. Et avec lui, le parfum des lilas.

Les saisons invincibles